Fábulas de Nuestra Tierra
para contar en un Día de Muertos

Nora Girón-Dolce

Fábulas de Nuestra Tierra para contar en un Día de Muertos

Primera edición: octubre de 2016

Ilustraciones: Paloma Moyorga

Formación: Ernesto García Barajas

Asesoría literaria: Alma Angélica Jordán Ibarra

© Nora Girón-Dolce

© Ramos Editores

Río Hondo Mz. 47 Lt. 11, Puente Blanco, Iztapalapa,
09770, México, D.F.
Tel.: 5753-6493

ISBN: 978-0-9974642-1-4

www.**ramoseditores**.com

Índice

Para Yves y su amor por México.

La noche antes de esta fiesta ocupábanse todos de matar gallinas y perros para comer, en hacer tamales y otras cosas concernientes a la comida. Luego de mañanita el día de esta fiesta, los sátrapas de los ídolos componían con muchas flores a Hitzilopochtli, y después de compuesta la estatua de este dios componían las estatuas de los otros dioses, con guirnaldas y sartales y collares de flores, y luego componían todas las otras estatuas de los capules y tepochcales, y en las casas de los calpixques, y principales y maceguales todos componían las estatuas que tenían en sus casas, con flores. Compuestas las estatuas de todos los dioses, luego comenzaban a comer aquellas viandas que tenían aparejadas de la noche pasada...

Fray Bernardino de Sahagún,
Historia general de las cosas de la Nueva España
Libro II,
Capítulo IX,
Página 96.

La otra gente ofrecía diversas cosas: unos ofrecían maíz tostado, otros maíz tostado revuelto con miel y con harina de semilla de bledos (I); otros hecho de pan una manera de rayo, como cuando cae del cielo, que llaman xonecuilli; otros ofrecían pan hecho a manera de mariposa: otros ofrecían panes ácimos que ellos llamaban yotlaxcalli; otros ofrecían unas tortas hechas de semillas de bledos; otros ofrecían unas tortas hechas a manera de rodela, de la misma semilla; otros hacían saetas, otros espadas, hechas de la masa de esta misma semilla; otros ofrecían muñecas, hechas de la misma masa.

Fray Bernardino de Sahagún,
Historia general de las cosas de la Nueva España,
Libro I,
Capítulo XIV,
Página 34.

Nonantzin

Nonantzin ihcuac nimiquiz,
motlecuilpan xinechtoca
huan cuac tiaz titlaxcal chihuaz,
ompa nopampa xichoca.
Huan tla acah mitztlah tlaniz:
−Zoapille, ¿tleca tichoca?
xiquilhui xoxouhqui in cuahuitl,
techochcti ica popoca.

Amada, si yo muriera
entiérrame en la cocina bajo el fogón.
Al palmotear la tortilla
me llamará a su manera
tu corazón.
Más si alguien, amor, se empeña
en conocer tu pesar,
diles que es verde la leña
y el humo te hace llorar.

Poesía mexica

El vestido de Tlamanalli

a pequeña Tlamanalli era hermosa, festiva y alegre. La gente la reconocía por donde quiera que iba porque llevaba siempre vestidos blancos de algodón y andaba descalza. Vivía con su abuela en un jacalito de paja en el vasto campo bajo el cielo del Anáhuac.

Qué hermoso era su jacal, rodeado de bellos árboles de ahuehuete, los más viejos de todos los viejos árboles. Debajo del suelo de su jacal, junto al fogón, estaban enterrados los huesos de sus padres, muertos hacía mucho tiempo, después de una inundación. Su abuelita le contaba que los espíritus de su padre y de su madre habían viajado al Tlalocan, el lugar del agua, para reposar durante toda la eternidad bajo hermosas fuentes brotantes y lagos transparentes de cristalinas aguas donde las gotas cantaban una eterna canción de amor hacia Tláloc, el dios del agua.

Tlamanalli era feliz viviendo al lado de su abuela, pero a veces se inquietaba y se sentía triste porque deseaba ver a sus padres; su abuela entonces la sentaba junto al fogón mientras torteaba la masa y le explicaba que, aunque ella no pudiese verlos, ellos venían a visitarla una vez al año, ahí mismo, en la cocina de su jacal, en la fiesta del Miccaihuitl, que era el gran festín de los muertos. En esa fiesta, todos los espíritus tenían permitido regresar por una noche al mundo de los vivos a recuperar amor y fuerza para, después, continuar su viaje ya fuera hacia el Mictlán, hacia el Tlalocan o para acompañar al sol.

Cuando Tlamanalli escuchó esto, se sintió inmensamente feliz de saber que una vez al año podría honrar a sus padres y le preguntó a su abuela si acaso podría hacerles algún regalo. La abuela le dijo que sí, que ella podría regalarles cualquier cosa que los hiciera felices y que ellos la recibirían y la disfrutarían al visitarlas en su jacal, aunque ellas no pudiesen verlos.

Tlamanalli pasó muchos días preguntándole a su abuela acerca de las cosas que más le habían gustado en vida a sus padres y pasó muchas horas debajo de un ahuehuete pensando en la manera de hacer el regalo porque era pobre y no podía conseguir cosas costosas. Sus amigos y vecinos la invitaban a jugar, pero ella se negaba diciendo que tenía algo muy importante que hacer.

Cuando se acercó el día indicado en que su abuela le había dicho que sus padres regresarían, Tlamanalli se dio cuenta de que cerca de su jacal crecían a montones unas bellas flores de color anaranjado. Tlamanalli se dio entonces a la tarea de recolectar todas las flores que pudo y las trajo a su jacal. La gente la vio durante el camino de regreso y pensaba que se veía muy hermosa con su vestido blanco salpicada por el color de las flores.

Al llegar a su jacal, con mucho cuidado y paciencia deshojó las flores, separó los pétalos e hizo un hermoso tapete redondo junto al fogón. La abuela quedó tan contenta y sorprendida que esa tarde invitó a los vecinos para que admiraran el hermoso tapete que Tlamanalli había hecho para sus padres. Los vecinos y vecinas se admiraron tanto, que al día siguiente vinieron de visita otra vez, trayendo con ellos algunos platillos de exquisita comida para compartir. Tlamanalli le preguntó a su abuela si podía poner un poquito de comida sobre el tapete para que sus padres, al visitarlas en el día especial, pudiesen disfrutarla también. La abuela le dio permiso y entonces Tlamanalli y los niños vecinos pusieron con mucho cuidado algunas cazuelitas con comida sobre el tapete. Fue tanto el alboroto que se armó, que mucha gente del pueblo vino a admirar el precioso tapete de flores de Tlamanalli.

Al año siguiente, además de las flores y la comida, Tlamanalli decidió honrar la visita de sus padres colocando sobre el tapete de flores bellos jarros de agua fresca y una copa de ardiente copalli, una resina muy humeante y aromática. Tlamanalli pensaba que el humo agradaría mucho a sus padres. La gente del pueblo la miró cuando durante el día iba y venía con las manos llenas de cosas y pensó que se veía muy hermosa con su vestido blanco salpicado de los colores de las cosas que llevaba.

Una vez más, al igual que el año anterior, mucha gente vino a ver el hermoso trabajo de Tlamanalli y se admiraron de la belleza de su nuevo tapete de flores y de los regalos del agua y el copalli. La abuela estaba muy orgullosa de ella. Le dijo que estaba segura de que a sus padres les había gustado mucho lo que había hecho por ellos. El corazón de Tlamanalli se sintió inmensamente feliz y decidió que para el siguiente año haría un regalo más grande y mucho mejor.

Así fueron pasando los años y cada vez que se acercaba la fecha de la gran fiesta de los muertos, la gente de muchos pueblos, cercanos y lejanos, se preparaba para visitar también el jacal de Tlamanalli, porque cada año hacía las cosas mucho mejor y su regalo para los espíritus de sus padres era cada vez más grande y más hermoso.

Con el paso del tiempo, la pequeña Tlamanalli, quien por cierto ya no era tan pequeña, había agregado tantas cosas bellas a su regalo anual que ahora éste no sólo estaba en la cocina, sino que se extendía por todo el jacal e incluso fuera de él. El enorme tapete de flores formaba un largo camino que adornaba con espirales el piso, y en la cresta de cada espiral colocaba un regalo: una jarra de agua fresca, un recipiente con sal, copalli ardiente, plumajes de hermosas aves de colores, semillas de fruta, comida deliciosa que le compartían los vecinos, flores secas, figuras hechas de barro y muchas cosas más.

Tlamanalli había cumplido ya quince años y se había convertido en una hermosa muchacha, pero su espíritu seguía siendo alegre y festivo como cuando era niña. Nada en ella había cambiado: seguía llevando sus sencillos vestidos de algodón blanco y seguía recorriendo los caminos con sus pies descalzos.

Una tarde, cuando ya se acercaba la celebración del Miccaihuitl, la hermosa Tlamanalli decidió ir al río a recolectar piedras de colores que había decidido usar ese año para regalar a los espíritus de sus padres.

Tlamanalli entró con cuidado al agua, recogió las piedras más bonitas que encontró y, a falta de un costal, se sacó el vestido para usarlo como bolsa.

Las piedras hacían muy difícil el camino para salir del río. Cuando Tlamanalli dio el último paso, resbaló y se la llevó la corriente.

La abuela, los amigos y los vecinos buscaron a Tlamanalli por muchos días y muchas noches, pero todo fue en vano. Nunca pudieron encontrarla y lo único que hallaron río abajo fue su vestido de blanco algodón cargado con piedras de colores.

Cuando Tlamanalli despertó, se encontró en un lugar hermoso pero desconocido. Era un sitio azul. El agua fluía por todas partes. Un hombre y una mujer la miraban amorosamente y le tomaban las manos. Los ojos de Tlamanalli se llenaron de lágrimas al reconocer a su padre y a su madre y los tres se abrazaron con fuerza. Sus padres le explicaron que, al haber muerto en el río, había sido su destino que su espíritu reposara para siempre en el Tlalocan junto con ellos. Después le dijeron que la amaban mucho y que estaban muy agradecidos por los hermosos regalos que había hecho para ellos durante todos esos años en los que estuvieron separados.

Tlamanalli y sus padres recorrieron juntos el Tlalocan y finalmente llegaron ante la presencia del gran Tláloc, el dios del agua. Tláloc dio la bienvenida a Tlamanalli, pero ella se sintió avergonzada porque, al haber perdido su vestido en el río, se encontraba desnuda. El dios, comprendiendo los sentimientos de la muchacha, la consoló y le dijo que no debía sentir vergüenza porque un espíritu no necesita vestidos ni ropas para cubrirse; sin embargo, Tlamanalli no se sintió feliz.

Pocos días después, llegó la fecha del Miccaihuitl y por primera vez Tlamanalli, en forma de espíritu, visitó junto con sus padres el mundo de los vivos.

No existen palabras para explicar el gozo y la alegría que Tlamanalli sintió cuando entró al jacalito de su abuela.

Ahí junto al fogón, la abuela y los vecinos habían colocado un regalo para la primera visita de Tlamanalli. Su antiguo vestido blanco, limpio y recién lavado, estaba cubierto con pétalos de flores y plumas de aves. Le habían cosido las piedras del río creando bellos dibujos y lo habían decorado con listones de algodón teñidos de colores. El humo del copalli se elevaba por el jacal formando espirales y sobre el mantel había deliciosos platillos que Tlamanalli había disfrutado mucho cuando estaba viva. Había jarritos de agua fresca para calmar su sed, puñitos de sal y diversas golosinas.

Tlamanalli saltó de alegría al observar su regalo, lo acarició y, aunque lo hizo sólo de manera espiritual, vistió el vestido. Abrazó con amor a su abuela y bailó feliz la noche entera hasta que acabó el festejo y su espíritu y los de sus padres debieron volver al Tlalocan.

La abuela y los vecinos de Tlamanalli siguieron año tras año con la costumbre de adornar el vestido y preparar el festejo para que ella se sintiera amada cada vez que le tocara regresar. Tlamanalli, por su parte, esperaba ansiosa la llegada del Miccaihuitl para poder, aunque fuera sólo por una noche de cada año, portar aquel maravilloso vestido y disfrutar de los regalos que amorosamente le obsequiaban su abuela, amigos y vecinos.

Pasaron muchos años y la labor de esta hermosa niña no fue olvidada nunca. Su historia de bondad y belleza se fue extendiendo poco a poco por todos los rincones del Anáhuac y cada vez más y más familias comenzaron a decorar sus hogares para la fiesta del Miccaihuitl igual que ella lo hacía cuando estaba viva, colocando bellas decoraciones y platillos deliciosos para agasajar a los espíritus de aquellos que habían partido hacia el inframundo.

Cada pequeño elemento que las familias colocaban emulaba de alguna manera los regalos que ella hacía y los adornos de aquel vestido blanco que sus familiares y amigos siguieron colocando por muchos años, generación tras generación, así que la gente empezó a llamar a aquella tradición con el nombre de la hermosa niña que la había iniciado: Tlamanalli, que en español quiere decir *ofrenda*.

Pan de corazón

*masa la masa, vuelta y vuelta, amasa la masa, mano y piedra. Amasa la masa, una y otra vez.*

Cuánto había soñado la joven Citlalli con que su hijo del alma creciera para ser guerrero, para ser un líder, para ser tlatoani. Tal era su tonalli, su camino, su destino. Se lo había dicho la partera cuando estaba dando a luz y le rodeaba el vientre con manos firmes: "Este niño será Guerrero Águila". Y Citlalli lo creyó.

Lo creyó cuando, enredado el ombligo de la criatura en un trozo de ocote, se lo entregó en las manos a un valiente guerrero y le encomendó con todo su corazón enterrarlo en el próximo campo de batalla que pisaran sus pies. Lo creyó cuando al pequeño le salieron los primeros dientes y él, feroz, una tarde en que lo amamantaba, le mordió el pezón haciéndole sangrar gotas de leche rosada.

Así lo creyó Citlalli y lo siguió creyendo, incluso cuando el niño cumplió cuatro años y llegaron los extranjeros con rostros de sol a apoderarse de todo: de la tierra, de los animales, de sus posesiones, de su lengua, de sus tradiciones, de sus vidas. El pueblo mexica no sería libre nunca más.

Amasa la masa, vuelta y vuelta, amasa la masa, mano y piedra. Amasa la masa, una y otra vez.

Citlalli siguió creyendo en el destino de su hijo a fuerza de esperanza, porque vio a su gente tratar de defender lo suyo y pensó que lo lograrían. No se daba cuenta de que la nación estaba desmoronada desde antes de la invasión y de que un pueblo dividido en sus entrañas sería incapaz de sobrevivir.

Ella siguió creyendo y creyendo, hasta la noche en que ya no fue posible creer más.

Aquella noche propios y extraños asesinaron a punta de pedradas al cobarde tlatoani que abrió las puertas de la ciudad y recibió con abrazos y regalos a esas bestias extranjeras, monstruos voraces consumidos por la avaricia y la ambición. Esa fue la noche en que Citlalli, roto el espíritu y quebrado el corazón, dejó de creer en el destino guerrero de su hijo, renunció a sus sueños de madre y volcó su esperanza y su fuerza en mantenerlo a salvo.

Amasa la masa, vuelta y vuelta, amasa la masa, mano y piedra. Amasa la masa, una y otra vez.

Una vez terminadas las primeras batallas de conquista, vencidos los nativos y muerto el tlatoani, los españoles se repartieron el botín. Citlalli no tuvo suficientes palabras para dar gracias a sus dioses por la suerte de haber nacido fea. Eso la libró de ser violada hasta el cansancio por aquellos hombres barbados y pestilentes, pero no la salvó, ni a ella ni a su gente, de ser cazada, golpeada, maltratada, apresada y, finalmente, repartida entre ellos como un animal, como una piedra, como una cosa sin valor.

Su fealdad le salvó la honra y el pellejo, pero no la libró de quedar al servicio de los nuevos señores. Tuvo que aprender a inclinar la cabeza, a quedarse callada, a escuchar insultos en esa lengua extraña que poco a poco aprendió a comprender. La confinaron a hacer la limpieza, a lavar, a acarrear agua, a desgranar las mazorcas, a torcer el pescuezo a los guajolotes; a la olla, a los frijoles, al metate, al comal, al fuego, al humo, a las tortillas… Citlalli se quedó en la cocina. El niño no. Al niño se lo llevaron.

Amasa la masa, vuelta y vuelta, amasa la masa, mano y piedra. Amasa la masa, una y otra vez.

La tarde en que a ella y a un grupo de gente los asignaron al servicio de don Diego de Vallarta, sus hombres se la llevaron a golpes y empujones. La hicieron caminar hasta que los pies le sangraron. Ella llevaba al niño en brazos, lloroso y febril. Hubiese querido darle agua, hubiese querido limpiarlo y alimentarlo, hubiese querido consolarlo, pero a cada palabra llegaba el golpe del látigo.

Una vez en la propiedad, los hacinaron por días y días en un cuarterón infame donde apenas se filtraba la luz. Los tuvieron ahí confinados, sin apenas darles agua para beber. Cuando llegó su momento de ser elegida para el servicio se encontraba exhausta. Le brotaban lágrimas incontenibles de los ojos, estaba afiebrada, sucia, desgreñada, delirante. Aferraba al niño en sus brazos. Cuando la sacaron al patio, se arrodilló al ver la luz del sol porque sus piernas ya no la sostenían. Le hablaron, la jalaron, la empujaron y le dieron bofetadas para que reaccionara, pero ella sólo podía llorar. Entonces llegaron los frailes y le arrancaron a su niño de entre los brazos, se lo quitaron sin que ella se pudiese defender. Les suplicó que se lo devolvieran, pero los frailes, ignorándola, dieron media vuelta y se lo llevaron. Citlalli se golpeó el vientre y la cabeza con los puños, gritó el nombre del niño una y otra vez, hasta que no pudo gritar más y entonces se quedó callada. Callada para siempre.

Amasa la masa, vuelta y vuelta, amasa la masa, mano y piedra. Amasa la masa, una y otra vez.

Poco a poco, Citlalli se acostumbró a vivir sin su niño. Aprendió lo que tuvo que aprender, obedeció a lo que tuvo que obedecer, soportó lo que tuvo que soportar.

Callada, siempre callada, vio a la gente de su raza traicionarse los unos a los otros, renunciar a fuerza a todo eso en lo que alguna vez habían creído y finalmente languidecer ante el yugo de los extranjeros.

Poco tiempo después, una mujer que también trabajaba en la propiedad le dijo dónde se habían llevado los frailes a su niño. Entonces ella aprendió el camino y cada vez que podía, le visitaba en secreto. Se metía a escondidas en la hortaliza que estaba detrás del templo al que los frailes llamaban "iglesia", y ahí lo buscaba y se reunía con él.

¡Qué hermoso y qué fuerte estaba su niño! Qué bien cuidado, qué limpio, y qué contento se ponía al verla. Citlalli entonces rompía el silencio y volvía a hablar sólo para él.

Le hablaba en su lengua, le cantaba, lo acunaba entre sus brazos,

19

lo acariciaba. Algunas veces hasta le llevaba regalos que lograba hurtar de la propiedad: una golosina, una pluma blanca, una fruta, alguna flor. Le contaba siempre acerca de su destino, le hablaba del gran honor que sería convertirse en Guerrero Águila y de las cosas importantes que el niño habría de aprender. El niño le sonreía y el sol brillaba en sus dientes blancos, en su ropa limpia, en su piel morena.

Amasa la masa, vuelta y vuelta, amasa la masa, mano y piedra. Amasa la masa una, y otra vez.

Caía la tarde y Citlalli se secó el sudor de la frente. Eran los días cercanos al Hueymiccaihuitl, pero cuánto habían cambiado las cosas desde la Conquista. Los frailes y los españoles habían traído a sus dioses y habían prohibido a los indígenas adorar a los propios: ya no más sacrificios humanos, ya no más fiestas públicas, ya no más Huitzilopochtli, ya no más Quetzalcóatl, ya no más Tláloc. Nunca más un tlatoani. Nunca más un Guerrero Águila o Jaguar.

Ya no había más celebración del Hueymiccaihuitl. Ahora la llamaban "fiesta de todos los santos" o algo así. Lo que sea que fuese aquello.

A pesar de la buena voluntad de los frailes, la gente se las ingeniaba para seguir adorando a la manera antigua. Los indios eran bautizados y obligados a asistir a la iglesia, pero ellos acudían contentos a los ritos católicos porque sabían que debajo de esos arbitrarios edificios de formas incomprensibles estaban los cimientos de los templos de sus amados dioses, los mismos que, a la hora de la Conquista, los habían abandonado.

Amasa la masa, vuelta y vuelta, amasa la masa, mano y piedra. Amasa la masa, una y otra vez.

Citlalli amaba hacer esa cosa nueva que llamaban "pan". Los frailes habían ordenado tiempo atrás que debía usarse en la nueva celebración. Lo habían mandado como una consolación para los indios; era un sustituto de las antiguas ofrendas hechas con amaranto mezclado con sangre a falta de un corazón. No más sangre, dijeron los frailes. Y los indios obedecieron.

Citlalli amaba hacer ese pan porque, al igual que con otras costumbres, los indios se las habían ingeniado para traer de vuelta la tradición: les habían dado a esos panes forma de corazón y los espolvoreaban con azúcar teñido de color rojo para emular la sangre, o los hacían redondos como el universo sin fin y los coronaban con un chipote que simulaba un cráneo y cuatro cánulas que recordaban huesos. De esa manera, los indios podían tranquilamente devorar a sus "víctimas" sin ser castigados por los frailes.

Amasa la masa, vuelta y vuelta, amasa la masa, mano y piedra. Amasa la masa, una y otra vez.

Esa tarde, después de terminar su labor en la cocina, Citlalli esperó con paciencia a que salieran los panes del horno y, a escondidas, guardó uno en su huipil. Tenía planeado llevárselo a su niño para que lo probara, para que sintiera lo mismo que ella ya le había platicado tantas veces, eso que hubiese sentido un valiente Guerrero Águila o un tlatoani al devorar un palpitante corazón.

Citlalli salió de la propiedad y anduvo el camino tantas veces andado hacia el huerto de los frailes. Cuando llegó, se metió a escondidas y buscó a su niño. Cuando lo encontró, se sentó junto a él y le habló con su tierna voz de madre en esa lengua antigua y melodiosa que a ambos les pertenecía:

—Aquí estoy otra vez, hijito mío. Te he traído un regalo, un pan de corazón. Míralo qué hermoso es y qué aroma delicado tiene. Lo amasé durante todo el día, le puse manteca y flores de naranja. Pruébalo, hijo mío. Pruébalo para que los granos de azúcar se te queden en los labios como los miles de besos que no te he podido dar. Tómalo en tus manos, hijito mío, y levántalo hacia el cielo para otorgarlo a los dioses, así como en otros tiempos hacían nuestros gobernantes con los corazones de las doncellas. Muérdelo feroz, mi pequeño Guerrero Águila, y deja que se deshaga en tu boca para que tu lengua guarde para siempre su sabor. Toma tu regalo, hijito de mi alma, porque soy tan pobre que no puedo regalarte nada más. Piensa en mí, hijito mío. Piensa en mí y no me olvides hasta que volvamos a encontrarnos, así como yo jamás, ni de día ni de noche, me olvido de ti.

Con el rostro bañado en lágrimas y el alma hecha pedazos, Citlalli abrió con las manos un hueco en la tierra húmeda y puso dentro con mucho cuidado el pan de corazón. Entonces inclinó el rostro para besar, igual que siempre, la tumba sin nombre de su hijo muerto.

Cempoalxóchitl

se año la temporada de lluvias fue larga. La vieja casamentera había sufrido mucho porque la humedad hacía que los huesos le dolieran. Afortunadamente, estaba a punto de terminar.

Su nombre era Ameyalli, Manantial, pero todos la llamaban Nantli, que quiere decir "madre".

La puerta del jacal se abrió y detrás de ella apareció otro joven de la aldea que venía a consultarla y a abrirle su corazón. Era así todo el tiempo, excepto en los días de descanso. El jacal estaba siempre lleno de jóvenes y jovencitas en edad de casarse que venían a ver a Nantli, a hablarle de sus amores, de sus esperanzas, de sus deseos de formar una pareja. Nantli los recibía a todos sin excepción, así como en otros tiempos había recibido a sus padres y a sus abuelos.

Nantli era una mujer ya muy vieja que había dedicado su vida a dar consejos. Nunca había pedido nada a cambio, pero la gente que la visitaba le hacía regalos y le agradecía con cosas, animales o cualquier otro detalle que su economía le permitiera; a veces los regalos llegaban después de haber aconsejado una buena unión o tras el nacimiento del primer hijo de las parejas. Fue así como, en todos esos años, Nantli recaudó una pequeña fortuna en animales, semillas, joyas, piedras, pieles y otras cosas que recibía y que después mandaba a vender al mercado. Con las ganancias se sostenía y ayudaba a otras personas de la aldea con menos recursos que ella.

Nantli recibía a los jóvenes y a todos les otorgaba un poco de su tiempo y otro tanto de su sabiduría. Los aconsejaba con buenas palabras, les hablaba de las buenas costumbres y las tradiciones y los preparaba lo mejor que podía para la llegada del verdadero amor. Sin embargo, Nantli nunca se había casado.

Contaban en la aldea que, siendo ella muy joven, conoció un muchacho al que amó mucho, pero cuando estaban por casarse él la abandonó y desapareció sin dejar rastro.

Decían que Ameyalli estuvo desconsolada por mucho tiempo. Dejó de hablar, dejó de comer, dejó de hacer las cosas que más amaba; se encerró en su jacal sin querer ver a nadie y su llanto se escuchó por días y noches. Durante casi un año, nadie logró sacarla de su encierro ni arrancarle una palabra; apenas lograban que comiera y bebiera un poco de vez en cuando para mantenerla viva. La gente murmuraba que tal vez la muchacha se estuviese volviendo loca. Quizá tenían razón. Pero todo cambió un día.

Una mañana, después de una devastadora tormenta que la gente recordaría por muchos años, Ameyalli salió de su encierro. Ayudó en las labores de reconstrucción de la aldea, dio de comer a quienes se habían quedado sin hogar y cuidó a los niños. Inmediatamente se reincorporó a la vida con los demás, mostrando una enorme alegría y ganas de vivir que contagiaron a todo el mundo y poco a poco fue ganándose la confianza y el amor de la gente otra vez.

A partir de ese día, nunca más nadie volvió a mencionar el incidente del enamorado desaparecido o la posibilidad de que ella estuviese loca.

Para empezar a ganarse la vida, Ameyalli puso un puesto de flores en el mercado. Ahí conversaba con las personas que le mercaban y esas pláticas fueron dándole fama de dar buenos consejos, primero casi por casualidad y después porque la gente se los solicitaba. Cuando al paso del tiempo Ameyalli se dio cuenta de que ya no vendía más flores porque las personas venían a su puesto sólo a conversar con ella, dejó el negocio y empezó a recibirlas en su jacal.

¡Cuántos buenos matrimonios y cuántos problemas de amores resolvió Ameyalli en su juventud! Y cuán agradecidos estaban todos con ella que cuando las primeras canas aparecieron entre sus cabellos, la gente ya la llamaba Nantli.

Así pasó el tiempo para Ameyalli y así se le fue arrugando la piel. Feliz se fue haciendo vieja, rodeada de amor y en compañía de toda la aldea.

Esa tarde del fin de temporada de lluvias, Nantli despidió a la última pareja y, fatigada por el dolor de los huesos, se acostó en su petate. Cuando llegó a traerle la merienda la muchacha que le ayudaba en las labores del jacal, se sorprendió de verla ahí en el suelo tapada con el sarape.

–¿Se siente usted bien, Nantli? –preguntó la muchacha.

–Sí, hija, sí. Estoy bien. No te preocupes –le respondió Nantli–. Enciende el fuego y ven a sentarte aquí a mi lado, que tengo que contarte una cosa importante.

24

La muchacha hizo lo que la mujer le pedía y después de encender el fogón se fue a sentar a su lado en el piso.

–Voy a hablarte de un asunto muy serio –le dijo Nantli tomándola de las manos–. No quiero que me interrumpas ni que digas nada hasta que yo haya terminado. ¿Me entiendes?

La muchacha dijo que sí y guardó silencio. Entonces Nantli suspiró profundamente y empezó a hablar:

–Mira, muchacha, mi tiempo de partir se acerca, lo siento en mis huesos y lo sé en mi corazón. Tengo que pedirte que cuando yo muera, le digas a los mayores de la aldea que enreden mi cuerpo en este petate y que lo entierren bajo el árbol de oyamel que está cerca del acantilado.

–¡Pero ésa no es la costumbre, Nantli! –interrumpió la muchacha–. Debemos enterrarte aquí mismo, debajo del fogón.

Nantli miró con dulzura a la muchacha y prosiguió:

–Hija, hace ya muchos, muchísimos años que he sabido que ése será el lugar en el que mi cuerpo debe descansar. Los dioses así lo han designado y ni tú ni yo ni nadie en esta aldea los vamos a contradecir. ¿Comprendes?

La muchacha asintió y siguió escuchando.

–Mira, muchacha, cuando yo era una flor hermosa y rebosante de juventud, así como hoy lo eres tú, un gran dolor partió mi corazón por la mitad dejándolo irreparable para siempre. Fue un dolor tan inmenso, que una noche de tormenta no pude soportarlo más y salí de mi jacal dispuesta a quitarme la vida. Anduve descalza por los caminos de tierra en la oscuridad y mis pasos me dirigieron hacia el acantilado. Me refugié por un momento a la sombra del oyamel para tomar aliento y decidí que ése sería el lugar, que ahí mismo, con sólo dar un paso más, por fin terminaría con esa pena tan grande. Miré hacia el cielo, los pies bien plantados sobre las raíces del árbol. Un relámpago iluminó todo el entorno y fue entonces cuando cerré los ojos y decidí dar el paso final. Pero no pude hacerlo, muchacha, no pude. No por falta de voluntad sino porque una fuerza me lo impidió. Algo superior a mí, como un viento descomunal, empujó mi cuerpo hacia atrás y lo contuvo contra el tronco del árbol. Sorprendida y sin poder moverme, escuché que me llamaban tres veces por mi nombre: "Ameyalli, Ameyalli, Ameyalli". Abrí los ojos y ahí estaba él. Era él, pero ya sin su cuerpo. Era él, pero ya no era él, era otra cosa; era una enorme fuerza, una luz brillante, un sentimiento, puro amor. Todo al mismo tiempo. ¿Puedes entenderlo?

La muchacha asintió con la cabeza, pero estaba lejos todavía de comprender lo que Ameyalli trataba de decirle.

–Él me contuvo, me cobijó, me habló sin palabras y por fin pude entenderlo todo –dijo Ameyalli continuando su relato–. Me pidió perdón por haberme abandonado. Me dijo que no había estado en él decidir su destino, que la voluntad de los dioses para él, había sido esa: morir sin que nadie se enterara de su muerte. Me habló sin palabras y yo pude ver cómo había caído por accidente en el acantilado tiempo atrás. Vi su cuerpo que se quedó ahí, sin ser buscado ni descubierto por nadie, hasta que los elementos lo convirtieron en polvo y agua y hierba. Me habló sin palabras y yo lloré torrentes de lágrimas incontenibles. Lloré de pena, lloré de amor, lloré de miedo y de vergüenza. Me habló sin palabras y me dijo que no estaba en mí adelantar mi tiempo, que no podía tomar mi propia vida. Tenía que vivir y aprender y envejecer porque él y yo aún teníamos un destino que cumplir juntos y cuando lo cumpliésemos, mi corazón sanaría y sus pedazos rotos se volverían a unir. Me habló sin palabras y me dijo que los dioses nos tenían destinada una misión.

Las lágrimas comenzaban a brotar en los ojos de la muchacha, pero decidió no volver a interrumpir a Nantli hasta que terminase de hablar.

–Entonces –siguió– vi en su luz lo que él y yo habríamos de ser una vez que mi tiempo llegara. Nos vi mezclados en la tierra, en el agua y en el viento: arena, arcilla, conchas de caracol, cortezas de árbol, semillas de fruta, alas de insectos, gotas de lluvia, rayos de sol. Y como si ambos diésemos a luz, de esa mezcla suya y mía vi nacer una cosa pequeña y delicada que encerraba a los dos en un todo y, al abrirse, se llenaba de color. Era un gran regalo que los dioses habían puesto en la tierra a través de nuestra unión; un regalo para nuestros hermanos hombres y mujeres, vivos y muertos; un regalo que, al abrirse, creaba un camino sin final, una larga escalera en espiral que unía al cielo con la tierra, un lazo que ataba el mundo en el que se encontraba él y el mundo en el que me encontraba yo. Él se despidió de mí, reiterándome su amor infinito, confiando en que yo comprendería que tendríamos que estar separados por algún tiempo, en que yo creería en lo que él me había mostrado y obedecería a los dioses. Antes de que su fuerza me abandonara, me indicó el lugar exacto en el que debía ser enterrado mi cuerpo después de morir. Ahí mismo, al pie del acantilado. En el mismo punto donde, tiempo atrás, resbaló su pie y encontró la muerte. Es ése, muchacha, el lugar que te he pedido que le indiques a los mayores de la aldea cuando llegue mi tiempo.

Cuando Nantli terminó de contar su historia, la muchacha estaba bañada en lágrimas. Le besó las manos a la casamentera, le besó la frente y, antes de despedirse, le prometió que llegado el momento convencería a los mayores para que cumplieran su deseo.

No pasó mucho tiempo para que una mañana cualquiera encontraran a Nantli ya sin vida acostada en el piso del jacal. Se veía tranquila, sus labios dibujaban un esbozo de sonrisa y sus brazos apretaban fuertemente un costalito con semillas de cacao. De acuerdo a su voluntad, la gente de la aldea hizo una procesión hacia el acantilado y ahí, al pie del oyamel, la despidieron entre lágrimas y cantos, la bendijeron con palabras de amor y enterraron su cuerpo enrollado en el petate.

Un año después, al término de la temporada de lluvias, la misma muchacha que había escuchado el relato en la voz de Nantli paseaba de la mano de su enamorado cerca del acantilado. Se detuvo en seco cuando vio algo que llamó su atención al pie del oyamel.

Los muchachos se acercaron al árbol para ver mejor y descubrieron maravillados que entre las raíces estaban creciendo flores.

Eran unas flores redondas, como copos de algodón, que les llenaron los ojos. Eran unas flores del color que daba el sol al caer la tarde. Eran unas flores cargadas de pétalos en forma de cono que daban la impresión de poder guardar en su interior cientos de abejas. Eran unas flores como jamás se había visto ninguna en aquella región.

–¡Cempoalxóchitl! –exclamaron los mayores al mirarla y decidieron nombrarla así.

El cempoalxóchitl, flor de veinte pétalos, nació del pacto de espera entre la bondadosa Ameyalli y su fiel enamorado. Polvo de sus huesos, fruto de su amor.

Flor de veinte pétalos, regalo de los dioses del Inframundo para los seres humanos, una para cada espíritu porque nadie se va ni se queda para siempre: cada uno conserva su lugar dentro de ese todo que son la vida y la muerte.

Flor de veinte pétalos que abre los caminos entre la tierra y el cielo para que transiten de regreso los que ya han partido.

Flor de veinte pétalos, resplandor de sol.

Una oración sin fin

o eran días propicios para el nacimiento de los gemelos y Ectli lo sabía.

Dos días antes, cuando había venido la partera a revisarle la barriga, le había dicho que uno de los niños venía de nalgas, como los animales. Le había masajeado el vientre por horas para tratar de acomodarlo, pero no quiso hacerlo con mucha fuerza por temor a que se adelantara el momento de dar a luz. De cualquier manera, había llegado la hora. La barriga estaba ya muy baja y esa mañana Ectli, quien daría a luz por primera vez en su vida, se había despertado con un charco entre las piernas.

Cuando la partera llegó al jacal, Ectli ya estaba tumbada sobre el petate. La partera revisó sus partes de mujer y comprobó que los gemelos estaban ya buscando la salida.

En el jacal estaban la suegra de Ectli y su marido, Quauhtli, preparados para el nacimiento. Habían puesto agua a hervir y juntado paños de limpísimo algodón. Quauhtli había clavado en el centro del jacal un poste de pino por órdenes de la partera, quien ató las manos de Ectli con un nudo flojo de paño y luego le pidió que se acuclillara frente al poste. Una vez que la parturienta estuvo en la posición correcta, la partera ató el otro extremo del paño al poste para que la sostuviera y no perdiera la posición de parto pese a los dolores o a un posible desmayo.

Qué más hubiesen querido Quauhtli y Ectli sino que sus hijos no naciesen durante los Nemontemtin, los días vacíos, pero por más que lo planearon, la fecha les salió mal. Una vez que la partera hubo calculado la fecha de nacimiento de los niños, una sombra de miedo cubrió a la familia. Las personas que se acercaban a Ectli le tocaban la barriga y la bendecían, rogando que ocurriera algún suceso que adelantara el parto. Ectli, Quauhtli y su madre ofrecieron ayunos y ofrendas a los dioses rogándoles que cambiaran la fecha y, con ello, el tonalli de las criaturas; pero todo fue en vano.

Durante las últimas semanas de gestación, Ectli tenía pesadillas y lloraba por cualquier motivo, andaba melancólica y taciturna. Y no sólo eso, sino que contagió de tzipil o chipilera a Quauhtli y mucho se temía que a las criaturas también, lo cual quería decir que serían unos llorones. En sus pesadillas se veía a sí misma, como si estuviese fuera de su cuerpo, dando a luz, y al observar a las criaturas veía cómo nacían abrazadas a un ser horroroso, mitad carne, mitad huesos, que no podía ser otro que el dios Mictlantecuhtli, el señor de la muerte. Ectli gritaba de espanto en su sueño y se veía envuelta por un fuego rojo que la incendiaba hasta las entrañas.

Todos aquellos malos agüeros le robaron la alegría que había sentido al enterarse de que sus hijos iban a ser dos. Los nenets o cuajtli eran motivo de enorme bendición para cualquier pareja, pero en este caso, el miedo de Ectli era que la bendición de los gemelos no fuese suficiente para contrarrestar la mala suerte.

Ese día, los gritos de Ectli se escuchaban hasta el cerro. El parto estaba siendo extremadamente doloroso. Quauhtli lloraba por no poder aliviar su dolor. La sostenía por detrás y le limpiaba la frente con un paño mientras la partera le manipulaba el vientre; su suegra oraba y hacía las veces de ayudante en la labor. La posición anormal de una de las criaturas hacía que Ectli sintiera que se estaba partiendo por la mitad. Estaba a punto de perder el sentido. Le estallaban las entrañas. Quería que la mataran, que el dolor terminara de una vez.

–¡Córtame! –le dijo a Quauhtli apenas en un murmullo–. Córtame con tu cuchillo de obsidiana. Ábreme el vientre y sácame a las criaturas, que ya no puedo. Ya no puedo más.

Quauhtli, desesperado, interrogó a la partera con la mirada. La partera lo miró, negó con la cabeza y siguió con su labor.

Muchas horas después de haber empezado el parto, asomó por fin el trasero del primer bebé acompañado de los alaridos de Ectli. La partera lo tomó con las dos manos y lo manipuló de tal manera que el frágil cuerpo giró sobre sí mismo y se desenredó del túnel de la madre, como si hubiese sido una pequeña flor. Era un varón.

Quauhtli miró a su hijo con orgullo desde la posición en la que estaba y besó a la exhausta Ectli en la frente. Luego le dijo al oído:

–Ya está aquí Cuícatl.

Ectli apenas tuvo tiempo de mirar al niño y respirar un poco cuando empezó a sentir la llegada de la siguiente criatura. Inhalaba y exhalaba por la boca como un animal herido, preparándose para dar a luz por segunda vez el mismo día. En algún momento cerró los ojos y se rindió al dolor, pero el dolor no llegó. La criatura se deslizó con suavidad a través de ella y prácticamente cayó en las manos de la partera. El camino que había abierto su hermano había sido suficiente para ella. Era una niña.

Quauhtli miró a su hija, dio gracias a los dioses por su vida y le dijo a Ectli:

–Ya puedes reposar, mujer. Ya está aquí Cuicani.

La partera tomó a los niños y empezó a hacer los rituales y oraciones correspondientes al nacimiento. Mientras tanto, una vez que Ectli expulsó la placenta, Quauhtli y su madre la desataron, la limpiaron y la arroparon en el petate. Ectli tenía fiebre y temblaba. La partera le acercó a los niños para que los pudiese amamantar. Ella los sostuvo en sus brazos, les dio la bienvenida y los besó.

Un par de horas después del alumbramiento, Ectli seguía sangrando. La partera le había colocado emplastes de hierbas y le había dado a beber una infusión, pero eso de nada serviría. El canal que habían abierto sus hijos ya no cerraría. Ectli moriría desangrada al amanecer.

Quauhtli y su madre, cada uno con un niño en los brazos, despidieron a Ectli e hicieron oraciones para que su espíritu no encontrara ningún tropiezo en su camino hasta llegar a la casa del sol.

En su travesía celeste, el sol debía ser acompañado por cantos, marchas y alabanzas en un viaje interminable hasta el final de los tiempos. Pero no cualquier persona tenía este privilegio: sólo hombres y mujeres que hubiesen mostrado gran valor podían acompañar al sol. Del amanecer hasta el mediodía le acompañaban guerreros muertos en batalla o gobernantes; del mediodía al anochecer, valientes mujeres que hubiesen muerto durante el parto, ya convertidas en divinidades llamadas cihuateteotl.

Quauhtli, siendo Guerrero Águila, estaba completamente seguro de que algún día se reuniría de nuevo con Ectli en la casa del sol, y aunque sabía que no podrían estar juntos más que los segundos que duraría el relevo entre los guerreros y las cihuateteotl, con eso se conformaba su corazón.

Ayudado por su madre, crió a sus hijos y les enseñó a no sentirse solos. Cada vez que podía, los llevaba a un cerro para esperar el mediodía y hablarles así de la labor de Ectli. Les contaba de las hermosas vestiduras, joyas y plumajes dorados que ella debía llevar al acompañar al sol; les enseñaba oraciones y cantos que posiblemente ella estuviese cantando y les contaba del gran poder que ejercían en el mundo las cihuateteotl y cómo la gente debía guardarles respeto para que no enfermaran a las parturientas ni a los niños que estaban por nacer.

Por las noches, cuando sus hijos ya estaban dormidos, Quauhtli hablaba en silencio con Ectli. Le cantaba canciones inventadas por él y recitaba en su mente una oración que, de manera imaginaria, trenzaba a las oraciones de Ectli como si fuesen un lazo de mécatl. Hacía esto cada noche hasta que se quedaba dormido. Lo que él no sabía era que ella podía escucharlo y que, al igual que él, esperaba paciente el día de su ascenso.

Quauhtli murió quince años después en una guerra florida. Fue capturado por el ejército de los enemigos, hecho prisionero y llevado a la piedra de sacrificio en donde un sacerdote le arrancó el corazón para ofrecerlo a los dioses. De acuerdo a la costumbre, su cuerpo fue incinerado, puesto en una urna y enterrado después. Siguiendo su tonalli, Quauhtli emprendió el camino en ascenso, hacia la casa del sol.

El primer encuentro que se dio entre Quauhtli y Ectli quedó grabado en los calendarios del imperio mexica para siempre.

La guardia deslumbrante de luminosos guerreros llegó a su fin e hicieron su entrada las cihuateteotl. Entonaban todos los mismos cantos y oraciones de alabanza cuando los espíritus de los padres de los gemelos se reconocieron. Inmediatamente sus voces se armonizaron entonando una misma oración: aquella que Quauhtli había inventado y que recitaba cada noche.

Guerrero y diosa, hombre y mujer, esposo y esposa, entonando el mismo canto e iluminados por el sol, se tocaron por un brevísimo instante que duró una eternidad.

Fue tal la energía que desprendieron esos seres al sentirse, que ese día los gemelos Cuícatl y Cuicani desde el jacal de sus padres, los sacerdotes desde lo alto de los teocalli, el tlatoani desde su palacio, los mercaderes desde los tianquis y las comadres desde los lavaderos pudieron todos, atónitos y sorprendidos, ver el halo multicolor que se formó por muchas horas alrededor del sol.

El perrito rojo

o encontré una mañana en que fui a recoger agua al pozo, uno o dos días después de que había pasado por el pueblo una caravana de mercaderes. Yo caminaba de regreso a mi jacal con dos pellejos bien llenos de agua y casi los volqué en el suelo por el susto que me llevé cuando escuché los gemidos, porque mucho se hablaba en mi tierra de espantos y aparecidos. Dejé con cuidado los pellejos junto al tronco de un árbol y me acerqué a unas pencas que estaban al lado del camino.

Ahí estaba, aún con los ojos cerrados y la tripa del ombligo pegada al vientre. Gemía y gemía, aullaba quedito, buscando el calor y la teta de la madre. Lo tomé en mis manos y le quedaron grandes; así de chiquito era, del tamaño de un tamal.

Como sabía que no podría llevarlo y cargar los pellejos al mismo tiempo, lo escondí detrás de unas piedras y regresé a mi jacal tan pronto como me lo permitió el peso del agua. Cuando llegué, dejé mi carga cerca del fogón y salí rápido otra vez para desandar el camino y buscar al perro. Mientras corría de vuelta al lugar de las pencas, pensé que quizá ya no lo encontraría, que a lo mejor alguien que había pasado después que yo se lo había llevado o, peor aún, que tan chiquito e indefenso como estaba, se lo había comido un halcón, un buitre o un águila; eso si no se moría solo, porque a saber cuánto tiempo había pasado desde la última vez que la madre le dio de comer. Pero todos mis temores desaparecieron cuando crucé las pencas y ahí, en el mismo lugar en el que lo había dejado, lo encontré aún con vida, gimiendo.

Cuando regresé al jacal, se lo mostré a mi tata y le pregunté qué podíamos hacer con él. Mi tata me miró muy serio y me dijo:

—Escúchame bien, Huitzilin, será difícil conservarlo con vida porque está muy pequeño, pero si lo logramos y lo engordamos bien, tendremos carne para hacer una fiesta el próximo año en el día de tu nombre.

Luego de decir aquello, mi tata tomó al perrito, lo arropó y lo puso en una canasta. Después me pidió que le trajera un pedazo de manta vieja, puso agua limpia en una jícara y tras mojar la punta de la tela, se la acercó al hociquito para darle de beber. Me dijo que siguiera haciendo aquello mientras él preparaba un atole espeso para que pudiésemos alimentarlo. En algún momento me miró y me dijo:

–Qué suerte tienes, Huitzilin. El dios Xolotl te hizo este regalo. Debe haber estado de buen humor. Si lo cuidas bien, seguro que te ayudará a cruzar el río.

Yo miré a mi tata con extrañeza pues no comprendí sus palabras, así que él se sentó junto a mí y me dijo:

–Cuando nuestra gente muere, debe recorrer un largo camino para llegar al Mictlán. Ese camino está formado por nueve niveles en los que les esperan grandes penurias y dificultades. En el primer nivel hay un río que se llama Apanohuaian y está situado en un lugar que llaman Itzcuintlán, el lugar de los perritos. El río no se puede cruzar a menos que un perro que te lleve en su lomo, pero es una tarea difícil porque no cualquier perro te ayudará a hacerlo. Los perros blancos te dirán que ya están limpios y que por ningún motivo se arriesgarán a ensuciarse, los perros negros te dirán que están tan sucios que no podrás verlos o seguirlos a causa de su color, así que tiene que ser necesariamente un perro rojizo quien te ayude.

–Pero, tata –respondí yo, incrédulo–, ¿cómo va a querer un perro ayudarme a cruzar el río después de que lo matamos para comerlo?

–Pon atención, Huitzilin –dijo mi tata–: una cosa es matar a un animal para poder comer y otra muy distinta es gozar con su muerte o con su sufrimiento. Las plantas y los animales que dan sus vidas para alimentarnos deben ser siempre tratados con el mayor cuidado y respeto, durante su vida y durante su muerte. Aun a la hora de matarlos, es nuestra obligación hacer que mueran con dignidad y darles las gracias porque su sacrificio nos alimentará. Haciendo esto, ellos comprenden el propósito de su muerte y no nos guardan rencor.

Yo asentí y me quedé pensando en lo que me había dicho mi tata. De todas maneras, imaginar que algún día nos comeríamos al perro me hacía sentir escalofríos.

Entonces me asaltó una duda:

–Oye, tata, ¿y qué pasa si los muertos no encuentran un perro rojo?

–¡Ay! –exclamó mi tata–. Pobre de aquel que no encuentre al perro rojo o no logre convencerlo para que le ayude, Huitzilin. Se quedará para siempre vagando y penando a la orilla del río.

No sé cómo fue que el perro sobrevivió, pero lo hizo. Yo lo alimentaba con los atoles y lo mantenía cerca del fogón de la cocina para que sintiera calor. Pasaron los días y se recuperó, dejó de gemir y por fin se le desprendió el ombligo y abrió los ojos. Mi tata me dijo que una vez que empezara a caminar tendríamos que dejarlo afuera. A mí esa idea no me gustó, pero en cuanto el perro pudo caminar se tuvo que quedar en el corral junto con los guajolotes.

Las primeras noches lloraba mucho, así que yo me salía de mi petate y me iba a estar con él. Me gustaba abrazarlo aunque no tuviese pelo. Él me pegaba su naricilla fría en las mejillas, me miraba con sus ojos de capulín y movía el rabo. Mi tata me había dicho que a los animales no teníamos por qué ponerles nombre, especialmente si después nos los íbamos a comer, pero yo no podía dejar de llamarlo Xiotl, porque así, pelón y rojizo, parecía que el pobre tenía roña.

Pasó el tiempo y Xiotl se convirtió en una gran compañía para mí. Antes me quedaba siempre solo mientras mi tata se iba a trabajar a la cantera, pero ahora Xiotl estaba conmigo todo el día. Me acompañaba a todas partes y mis vecinos y amigos también jugaban con él. Durante algún tiempo, mientras afuera hacía frío, mi tata me permitió que durmiera dentro con nosotros, y al llegar la noche el perrillo se acomodaba a mis pies y ahí se quedaba, velando mi sueño.

Era un perro muy valiente e inteligente. No le tenía miedo a los otros animales ni a mis compañeros de juego. Ellos se burlaban de mí porque siempre andaba acompañado del perro, pero yo sabía que en el fondo me envidiaban por tener la compañía de un animal tan alegre como él. Cuando alguna persona desconocida se me acercaba, Xiotl gruñía y ladraba y la verdad es que me hacía sentir seguro. Era simpático y juguetón casi con todo el mundo, pero conmigo y con mi tata era, además, obediente y sumiso.

Cuando mejoró el tiempo y empezó a hacer calor, mi tata me ordenó que el perro durmiese otra vez afuera y yo me di cuenta de que no era tanto por el calor, sino porque ya estaba muy próxima la fecha para celebrar mi día del nombre y estaba tratando de hacer que yo me desapegara de Xiotl.

Ni esa táctica ni ninguna otra lograron que yo me separara de mi perro y conforme se fue acercando la fatídica fecha, yo fui preparando un plan: junté comida, agua y unos sarapes, exploré los lugares más seguros en el cerro y dos días antes de mi día del nombre, todo estaba listo para nuestra huida.

Nos escapamos de noche. Nos refugiamos en una cueva que yo había encontrado y en la que había guardado antes todas las cosas. Mi tata y los vecinos nos buscaron sin descanso durante tres días hasta que dieron con nosotros. Cuando nos encontraron, mi tata me abrazó con lágrimas en los ojos y me preguntó por qué le había causado aquel dolor tan grande, aunque él sabía perfectamente la respuesta.

A partir de ese día, entre nosotros no se volvió a hablar jamás de la idea de cocinar a Xiotl. Mi tata me dijo que le atara un lazo de algodón en el pescuezo para que la gente supiera que el perro estaba reservado para otro fin que no era el de la alimentación.

Cuando cumplí trece años, mi tata se casó y trajo a su mujer a vivir con nosotros. Poco le duró la alegría con su nueva esposa, porque además de ser una mujer sin gracia ni belleza, era severa, seca y áspera en su trato con los demás. Tenía una natural torpeza para hacer las cosas y llevaba siempre prendido a la trenza un horrible listón verde. Aprovechando el suave carácter de mi tata, quien siempre le dejó hacer como ella quería, se quejaba de todo y lo molestaba por cualquier cosa; le reclamaba que fuésemos tan pobres, que hiciera frío o calor.

Lloraba por no poder tener hijos propios. Se inventaba molestias y dolores. Todo le estorbaba, incluso yo. Sé que nunca me quiso, ni yo a ella. ¿Por qué había de quererla si me trataba tan mal? Siempre celosa, siempre iracunda, siempre con una palabra de censura o de crítica para mí. En cuanto pudo hacerlo, empezó a abofetearme por cualquier razón.

Sobra mencionar que, nada más llegar ella a vivir con nosotros, mi pobre Xiotl sufrió junto conmigo las consecuencias de su presencia. Siempre encontró un pretexto para echarlo fuera de la casa, para quejarse de él, para castigarlo por cualquier cosa, al igual que a mí. Lo pateaba cuando pensaba que nadie la veía y atosigaba a mi tata una y otra vez con la misma pregunta:

—¿Por qué tenemos que alimentar a ese asqueroso animal cuando tendría que ser él nuestro alimento?

No lo decía porque fuésemos pobres o porque tuviese hambre. Era simplemente porque me odiaba a mí y todo lo que tuviese que ver conmigo.

Pasó el tiempo. Cumplí quince años y empecé a trabajar en la cantera con mi tata. Cuando regresaba a casa, casi siempre encontraba a Xiotl amarrado a un árbol o lastimado de una pata. Me moría de rabia, pero mi tata me pedía que tuviese paciencia y yo lo intentaba. No le reclamaba, no le decía nada para no causarle a él más desasosiego. Bastante tenía ya con tener que soportar a esa mujer por el resto de su vida.

Yo curaba a mi perro como podía, trataba de consolarlo y me imaginaba maneras de protegerlo de ella, pero en realidad poco podía hacer por él. Era imposible llevarlo a la cantera conmigo.

Una tarde en la que lo encontré con el hocico sangrando, no pude contenerme más y la confronté abiertamente frente a mi tata. Ella se justificó diciendo que Xiotl había querido robarse la comida y que ella no había tenido más remedio que pegarle para que la soltara. Furioso, le dije una palabra que no debí decirle y ella levantó la mano para abofetearme igual que siempre, pero la mano aún firme de mi tata se le adelantó y la detuvo. Él me miró a los ojos y con un tono de voz que no le había escuchado desde que era un niño me dijo:

–¡Huitzilin, nunca más vuelvas a pronunciar esa palabra en contra de mi esposa ni en contra de ninguna otra mujer!

Y después, con la misma energía y sosteniéndole aún el brazo con firmeza, le dijo a ella:

–¡Mujer, te prohíbo que vuelvas a ponerle una mano encima a Huitzilin o a su animal! Mi hijo ya es un hombre que nos ayuda en la casa. Él y las cosas que le pertenecen merecen ser tratadas con el mismo respeto que me debes a mí.

Todos nos quedamos azorados. Especialmente ella, a quien mi tata jamás le había hablado de esa manera. Pude ver en sus ojos una chispa de furia y frustración que no desapareció ni cuando mi tata me obligó a ofrecerle una disculpa. Después él dio por terminado el asunto y le pidió que nos sirviera la comida.

Después de aquel acontecimiento, las cosas se mantuvieron tranquilas dentro de la familia y todos tuvimos unos años de cierta tranquilidad, en especial Xiotl. Ella no volvió a atormentarlo más y nuestras vidas siguieron su curso.

Los dioses nos favorecieron con trabajo y salud y poco tiempo antes de que llegara mi día del nombre, cuando estaba a punto de cumplir dieciocho años, conocí a la mujer más hermosa del mundo. No pasó mucho tiempo para que nuestras familias se pusieran de acuerdo y el sacerdote comprobara que nuestros destinos eran propicios para la unión. Una vez obtenida su aprobación, mi tata cumplió con todos los rituales: envió a dos ancianas a entregar regalos a los padres de mi futura mujer, quienes, de acuerdo con la costumbre, los rechazaron. Después de eso, las ancianas volvieron una vez más para reiterar la petición y una de ellas regresó a nuestro jacal con mi mujer cargada en su espalda hasta que cruzaron el umbral de la puerta. Una vez que entraron, hicimos la ceremonia de la unión de mantos y ofrecimos una pequeña fiesta entre las familias y los vecinos en la que nos reunimos a compartir los alimentos, algunos preparados en nuestra casa y otros que nuestros amigos y vecinos nos hicieron favor de traer para compartir.

Con todo el ajetreo y la preparación de la ceremonia, no pude dedicarle mucho tiempo a Xiotl, pero me sentía feliz de saber que cuatro días después de la ceremonia, mi hermosa mujer, mi pequeño compañero y yo por fin nos marcharíamos a nuestro propio hogar, el cual yo había construido, con ayuda de mi tata, al otro lado del pueblo.

La fiesta fue hermosa y llena de buenos augurios. Ofrecimos octli, néctar extraído de las plantas del maguey, y comida en abundancia. Una vez que disfrutamos la comida y la bebida, cada persona se acercó a nosotros para desearnos buenaventura en la vida que íbamos a comenzar juntos.

Con lágrimas en los ojos, mi tata nos tomó de las manos y nos bendijo de todas las maneras posibles. Yo también lloré. Después llegó el turno de su mujer, la cual, de igual manera, se nos acercó, nos tomó las manos y nos deseó que los dioses nos favorecieran pronto con un hijo sano. Después se inclinó con discreción, como para besarme en la mejilla, y me dijo muy quedamente al oído:

–Me siento complacida de ver cuánto disfrutaste el platillo de molli que preparé para ustedes con mis propias manos. No soy tan buena cocinera y tú lo sabes. Dale las gracias a tu sarnoso perro que le dio tan buen sabor.

El corazón se me fue a los pies. La aparté de un empujón y salí hecho un loco a buscar a Xiotl aun cuando sabía perfectamente que no lo encontraría. Lo llamé a gritos, destrocé el corral a patadas y, finalmente, cuando la realidad me cayó encima como el peso de mil piedras, lloré, me revolqué en el piso, grité hasta desgañitarme y vomité una y otra vez.

Una vez que sentí cierto sosiego, me levanté, me sequé las lágrimas y, ante la mirada atónita de nuestros invitados, entré al jacal. Me incliné frente a mi tata, le besé las manos y después, sin decir una sola palabra, tomé a mi esposa del brazo y salimos de aquel lugar para no volver jamás.

Han pasado largos años desde ese día. Mi vida transcurrió como la de muchos otros, sin grandes sobresaltos, con las penas y satisfacciones que a todos los hombres les ocurren. Trabajé, prosperé y tuve hijos que, al llegar su momento, construyeron sus propias vidas y me llenaron de nietos. Envejecí en paz al lado de mi esposa y un día como cualquier otro me llegó mi tiempo de partir.

Morí una mañana húmeda. Mi familia cumplió con los rituales necesarios y dejaron mi cuerpo descansar en paz. Yo, en cambio, inmediatamente después de que mi corazón dio su último latido, emprendí la larga travesía para llegar al Mictlán.

Cuatro años me tomó atravesar los nueve niveles de peligros y vicisitudes que los dioses del inframundo nos destinan antes de alcanzar la paz final. Yo, con la suerte que tengo, en lugar de nueve tuve que padecer sólo ocho porque al llegar al primer nivel alguien me recibió.

Alegre, festivo y fiel como siempre, ahí estaba mi pequeño Xiotl en el Itzcuintlán. Llevaba su hilo de algodón anudado al pescuezo y se veía más joven, hermoso y fuerte que nunca. No tuvimos la conversación habitual en la que yo debía pedirle ayuda para cruzar el Apanohuaian, ni tuve que perder tiempo buscando entre los perros blancos y negros. Xiotl me había reconocido como su verdadero amo desde nuestra infancia, así que los protocolos fueron innecesarios.

Yo estaba ansioso por cruzar el río y desprenderme así de los restos de mi carga humana, pero quise alargar nuestra reunión por el mayor tiempo posible: jugamos, nos abrazamos y lloramos juntos, le hablé de lo mucho que le había extrañado y le pedí perdón por la injusticia de su muerte. Xiotl me miró con sus ojos de capulín y comprendí que, desde siempre, él ya me había perdonado.

De repente, mientras caminábamos por la orilla del caudaloso río tratando de encontrar el mejor punto para iniciar el cruce, la vi en medio de un lodazal pestilente. Al principio no pude reconocerla, pero algo en sus ojos llamó mi atención: era esa chispa de orgullo, malicia y resentimiento que tuvo siempre y que ni siquiera en la muerte se había desprendido de ella.

Ella era una cosa inmunda que aullaba como un demonio y después lloraba como si algo le estuviese causando mucho dolor. Se revolcaba en el lodazal cubierta de asquerosidades y entre la maraña de sus cabellos sobresalía aquel horrible listón verde. Sentí nauseas al verla y un terror profundo al escuchar sus aullidos y lamentos. Era evidente que llevaba mucho tiempo ahí y que ahí seguiría hasta el final de los tiempos.

Xiotl ladró para llamar mi atención, indicándome que ya era hora de iniciar el cruce. La miré por última vez, di media vuelta y me dispuse a montar en el lomo de mi perro.

Un largo viaje me esperaba al otro lado del río.

Piltontli

uando llegamos al camposanto al mediodía, ya estaba lleno de gente. Anduvimos entre la tierra y las personas hasta encontrar la tumba de mi familia. Yo solito no hubiese podido ser capaz de encontrarla porque todas son iguales. Sólo mi tata, mi nantli y mi citli la saben reconocer. Mi tata se fue a traer agua del pozo y mi nantli ordenó a todos arrancar las malas hierbas. Mis hermanos arrancaron más que yo, pero de todos modos los quise ayudar y con mis manos intenté arrancar todo el zacate y las zarzas que habían crecido desde la última vez que vinimos, que debe haber sido hace más de un año. Lo bueno es que la tumba no es grande, es nomás un rectángulo de tierra delineado con piedras de río y en la cabecera tiene una vieja cruz de madera, así que terminamos de desarraigar las hierbas bien pronto. Luego volvió mi tata con los baldes llenos de agua, y así, tallando con las escobas, lavaron bien la cruz y las piedras y luego aplanaron la tierra con los pies.

A mi nantli le encanta contar historias, así que cada vez que venimos en estas fechas cuenta que esta tumba está llena de gente, que aquí están los cuerpos de la abuela, el abuelo y su hermano, que se murió de unos fríos que le dieron una vez que cayó nieve en el pueblo. Yo nunca he visto la nieve de cerca, sólo allá lejos, bien arriba, en la punta de los volcanes que llaman Popocatépetl e Iztaccíhuatl.

Dice mi nantli que también en esta tumba está el hijito de una sobrina de mi abuela, que se murió a los pocos días de nacer y lo pusieron aquí porque no tenían dónde enterrarlo. Mi nantli dice esas cosas y, la verdad, yo no entiendo cómo en un agujero tan chiquito puede caber tanta gente, así que el año pasado mejor le pregunté:

–Oiga, nantli, ¿y cómo es que caben tantos aquí en la tumba? ¿Es que están parados o qué?

Todavía me acuerdo que mi nantli me contestó bien furiosa:

–¡Ay, Piltontli! No hable así. Respete a sus difuntos. Claro que no están parados. Lo que pasa es que no se los lleva la muerte a todos al mismo tiempo. Se muere uno primero y el otro después. Como ya han pasado varios años desde que se murió el primero, su cuerpo ya es puro polvo y huesos; entonces lo sacan, lo guardan en una olla y se lo acomodan entre los pies al nuevo difuntito que van a enterrar.

A mí la cosa del niño me daba harta curiosidad y ni modo de no preguntarle:

–¿Y el niño, nantli? ¿Todavía está aquí el niño?

–Sí, Piltontli, sí. El niño todavía está aquí y aquí seguirá. Pero ya está hecho polvito, igual que los demás. Fíjese, cuando vinimos a enterrar a su abuela de usté, sacaron su cajita del niño, ansina, bien chiquitita, y ya eran puras astillas. Su abuelo las puso a un lado para recoger el polvo de los huesos del niño, y ¿qué cree? Cuando volteó a recoger las astillas, ya no las encontró. Ya no había nada. Se habían hecho polvo también.

Así es mi nantli, bien misteriosa. Esas cosas que ella cuenta de los dijuntos me ponen el pellejo como de codorniz, pero yo no me canso de preguntar.

Después de lavar la tumba muy bien, mi nantli sacó un itacatl que traía para echar taco antes de seguir con la faena. Había traído huacamolli y nopales. Yo quería el primer taco, no por nada me dicen Piltontli, rapazuelo, pero mi abuela me jaló del brazo y me dijo que la siguiera porque íbamos a acompañar a mi tata que se iba a ir para el mercado. Yo miré entristecido la comida, me chillaban las tripas de hambre, pero obedecí a mi abuela. La tomé de la mano y nos juimos a acompañar a mi tata.

Mi tata iba al mercado porque había que mercar las cosas para poner el altar. Ollas, jarros y cazuelas. Cada año hacíamos lo mismo y yo no entendía por qué, así que una vez hace ya mucho tiempo no me aguanté la curiosidad y mejor pregunté:

–Oiga, tata, ¿por qué cada año venimos a mercar todo nuevo si en nuestro jacal tenemos ya jarros y cazuelas?

Mi tata era más paciente conmigo que mi nantli y algunas veces me explicaba las cosas mejor.

–Mire, Piltontli, a nuestros difuntos debemos ofrecerles siempre lo mejor. No es justo para ellos que, después de tan largo viaje que hacen, les demos cosas viejas. Nada usado y nada roto. Todo debe estar limpio y nuevo. Por eso.

Esta vez el mercado estaba lleno de cosas brillantes y hermosas. Los marchantes y marchantas ofrecían sus productos a gritos. Yo ya no sabía hacia dónde mirar. Allá la jarciería, esos utensilios hechos de hoja de palma; y más allá, canastas, sopladores, escobas y hasta petates recién tejidos que desprendían aún el aroma de la planta cuando estaba fresca. Velas de sebo, golosinas, flores, frutas y tantas cosas que había que ver ahí. También estaban los tejocotes en dulce de piloncillo y las calabazas en tacha. Nomás que esos nunca los mercábamos porque mi nantli y mi abuela los preparaban en casa, igual que el pan.

A mí lo que más me gusta son las calaveras de azúcar, esos cráneos con los que se adornan las tumbas. Sí, están harto bonitas, pero a mí me gustan sólo porque se pueden comer.

Yo le pregunté a mi abuela:

–Oiga, citli, ¿por qué se ponen cráneos de azúcar en el altar?

–¡Ah, qué Piltontli tan preguntón! Ponen cráneos de azúcar porque ya no se puede poner cráneos de verdad como hacían nuestros ancestros para el Tzompantli. Los padrecitos nos enseñaron a los indios cómo hacer alfeñiques para no usar calacas de a de veras porque nos decían que era pecado. La gente sigue poniendo los cráneos porque sirven para recordar que sólo tenemos un camino en esta vida, Piltontli: la muerte. Y ya, apúrele y deje de andar de preguntón. Su tata ya está recogiendo las flores de cempoalxóchitl, así que ya nos vamos.

Regresamos al jacal y mi tata venía bien cargado de hartas cosas. Lo bueno es que algunas no hubo que mercarlas, como las mazorcas, porque las siembra y las cosecha él mismo. Tampoco las flores de calabaza que cosecha mi nantli, ni las resinas de copalli porque ésas se las regalan nuestros vecinos.

El jacal olía a bien harto delicioso. Mi nantli y las vecinas habían estado cocinando desde dos días atrás. Mataron dos guajolotes bien gordos para hacer un caldo y molieron en el metatl los ingredientes para preparar el molli: chiles de muchas variedades, semillas de cacao, almendras y otras semillas. Yo ya no podía con tanto aroma. Me quería comer todo, pero cada vez que me acercaba para probar, mi abuela me daba un manazo y me miraba con

47

desaprobación. No me dejó comer nada. Cuando me tiré al piso y le dije que ya me chillaban las tripas de hambre y que sentía que me andaba desmayando, se echó a reír y me dijo:

–Deje de estar de ladino, Piltontli, que ya le conozco bien todas sus mañas.

Y bien que me conocía mi abuela, si siempre andábamos juntos.

Una vez, hace tiempo, cuando ella estaba preparando el molli para la ofrenda de ese año, yo quise meter el dedo y casi me lo cortó de un manazo.

–Deje ahí, Piltontli –me dijo–. La comida es para el festín de los difuntos, es un regalo que les hacemos porque ellos nos hacen la caridad de regresar a visitarnos. Vienen muy cansados y sedientos. Tienen que reponer juerzas para retornar al mundo de los muertos. La comida tiene que estar fresca y limpia. ¿A poco a usté le gustaría que yo le preparara una gran comilona y que cuando llegara a comer, se encontrara con que ya sus hermanos le metieron las manotas? ¿Verdá que no le gustaría?

–Pos no, citli, no me gustaría. Pero también me da harta muina no poder probar –dije dando un pisotón–. Ojalá y yo juese ya dijunto para poder comer estas cosas.

Mi abuela se rió, movió la cabeza, se apartó de la olla y sacó de una canasta un trompito de piloncillo para mí.

–Tenga, Piltontli, para que se le entretenga la tripa mientras llega la hora de comer.

Así fue que supe que esa comida no se podía comer sino hasta el día siguiente. Antes no entendía muchas cosas y ahora las entiendo mejor, pero eso no me quita la muina porque yo siempre tengo mucha hambre.

Mi nantli se puso a deshojar el cempoalxóchitl, quitó todos los pétalos de las flores y los guardó en una canasta. Más tarde, haciendo rezos, dibujaría un caminito hacia la tumba para que los dijuntos la pudiesen encontrar con más facilidad y para que no se jueran a equivocar de tumba y acabaran comiéndose los tamales de otro dijunto. Con las flores es más fácil porque brillan harto, casi como si juera la luz del sol.

–Mire, Piltontli –dijo mi abuela frotándose las manos–, ya están listos los tamales.

Yo me acerqué para ver mejor y cómo se me antojaron esos tamalitos, todos bien envueltitos en sus hojas de maíz. A un lado de nosotros estaba mi nantli sacando del horno los panes de muerto. Antes, cuando yo aún no había nacido, se llamaban cocolli, pero ahora ya no. Ahora se llaman "pan".

A mí no me importa cómo se llamen, yo sólo quisiera ya pegarles una mordidota, pero, ¡ay de mí si lo hiciera! Mi abuela me pegaría en las meras asentaderas con una vara de pirul.

La comida estuvo lista al caer la tarde y nos fuimos todos juntos otra vez al camposanto. Había un montón de gente que venía como nosotros, más de la que yo hubiese visto nunca. Algunos venían cargando sus flores, sus velas y las ollas con los guisados, pero otros, como mi abuela y yo, nomás veníamos acompañando. El ambiente se sentía diferente al de otros años. El sol se estaba ocultando detrás de las montañas y el aire estaba cargado con el aroma del copalli ardiente. Desde una calle atrás se podían ya escuchar los rezos y los cantos que las familias entonaban para recibir a los dijuntos. Yo sentía una cosa muy extraña. Como si esos cantos y esos rezos me jalaran hacia ellos. La campana del templo tocaba quedito y cuando llegamos a la puerta del camposanto no pude creer lo que veían mis ojos.

Desde la entrada se veía un resplandor de velas que iluminaba la tarde. Todo se veía borroso a causa del humo de las resinas, como si el camposanto estuviese cubierto por una enorme nube blanca que se elevaba mientras los rezos resonaban al compás de los tambores y el caracol.

Entramos y una vez que encontramos la tumba, mi nantli tomó la canasta con los pétalos y se puso a hacer un caminito mientras hacía rezos y canciones para los dijuntos. Yo miré a mi abuela.

−¡Citli! ¿Por qué estás llorando?

−¡Ay, Piltontli! Lloro porque los extraño y se me rompe mi corazón de estar sin ellos. Lloro por la emoción de saber que, aunque sea por esta noche, estaremos todos juntos otra vez.

Mi nantli puso un petate nuevecito sobre la tumba y ahí empezó a acomodar las cosas para el altar. Puso jarros con agua fresca y las ollas del molli y los tamales, los tejocotes en piloncillo y la calabaza en tacha. Puso los panes y las calaveras, luego sacó un haz de flechas que habían sido de mi abuelo, un rebozo de mi otra abuela, un tarrito de mezcal para su hermano y un trompo de madera para el niño. Con mucho cuidado, acomodó las velas de sebo alrededor de la tumba, así, bien paraditas, como guerreros. Luego mi tata le entregó el copalli ya encendido y ella lo puso al centro. El humo me hizo llorar. Después, con más flores, adornaron el petate.

49

Al terminar, mi tata encendió las velas y, por un rato, todo fue silencio.

En otras ocasiones, pasábamos la noche en el camposanto escuchando las historias que nos contaban mis padres y mi abuela. Recuerdos de cuando nuestros dijuntos estaban vivos. Luego la cosa se ponía más buena, porque empezaban a hablar de espantos y aparecidos. Mi tata nos contaba la historia de la Chocacihuatl, la mujer que se aparece a nuestra gente en las noches oscuras, llorando por sus hijos, y también contaba el cuento de la Xtabai, una mujer que se aparece muy lejos, allá en el sur, en las noches de luna llena y que encandila a los viajeros para que caigan en los pantanos. Pero hoy era diferente. Nadie quería hablar.

No sé en qué momento mi nantli sacó del morral un rebozo amarillo que era de mi abuela. Lo puso sobre el petate y, al desenvolverlo, vi que dentro estaban dos figuritas de arcilla pintadas de colores y con forma de guerreros. Eran mis juguetes.

Mi nantli y mis hermanos lloraban quedito. Mi tata, llorando también, trataba de consolarlos.

Mi abuela entonces me tomó de la mano y yo sentí que alguien me tocaba el hombro. Miré hacia arriba y ahí estaba mi abuelo, parado detrás de mí. A su lado estaba mi otra abuela, la que se llamaba Meztli, y detrás de ella venía el hermano de mi nantli cargando al niño en sus brazos. Yo miré a mi citli sin comprender. Ella, en silencio, sólo asintió y me sonrió. Una vez que estuvimos todos juntos, anduvimos por el caminito de flores que se dispersaron con nuestros pasos.

Al llegar al altar de la tumba, mi abuela me dijo:

—Ahí lo tienes, Piltontli. Ya puedes comer y beber todo lo que tú quieras. Nomás no juegues mucho. Recuerda guardar tus juerzas porque es largo y cansado el camino de regreso hacia el Mictlán.

In otin ihuan in tonaltin nican tzonquica
Aquí terminan los caminos y los días

Nora Girón-Dolce,
Redmond, octubre 3, 2016.

Acerca de la autora:

Nora Girón-Dolce nació en la ciudad de México. Estudió Letras Italianas en la Facultad de Filosofía y Letras de la UNAM.
Escritora, actriz, cantante y narradora.
Autora de Los cuentos para soñar de mi *Nana Luna* y *Diego Bandolero Corazón Aventurero*.
Ganadora de mención de honor en la edición 2016 de los Blue Dragonfly Book Awards.
Ganadora del Premio Mariposa en la edición 2015 en los International Latino Book Awards.
Loquita feliz, soñadora de pesadillas incoherentes y cazadora de arcoíris.

Actualmente vive en el estado de Washington en compañía de su mejor amigo, Yves, y su perrita Chocolat.

https://www.facebook.com/noragirondolce
http://girondolce.blogspot.com/
Twitter: @girondolce

Nora, mejor conocida en tierras mexicas como:
Cuicanitentli Tlazojtla Tlajtolli Cua Posolatl (Labios cantantes que aman las palabras y comer pozole).

Falleció durante la festividad del Tozonzontli, cuando, después de una comilona de pozole que ofrecieron en su honor, decidió dar un discurso muy florido, en mitad del cuál, se atragantó con sus propias palabras y cayó fulminada por una "Q" que se le quedó en la tráquea junto con dos granos de maíz cacahuazintle. Sus huesos reposan debajo del fogón de la pozolería, porque no encontraron mejor lugar para ponerlos.

Acerca de la ilustradora:

Paloma Mayorga estudió Artes Visuales en la Universidad Southwestern de Georgetown, Texas. Junto con sus Pies Viajeros camina por el mundo mostrando su arte y filosofando con las personas que encuentra. Le gusta pensar que con sus manos ilustra una verdad universal que une a todos los seres vivos de este planeta.

Actualmente pasa su tiempo dibujando, fotografiando y creando arte en Austin, Texas.

Instagram: renegadedove

Paloma, mejor conocida en tierras mexicas como:
Copitl Tequiti Amatl (Luciérnaga que dibuja en el papel).
Falleció durante la festividad del Xócotl Huetzi, cuando, por encargo de los sátrapas, dibujaba un mural en el templo de Xiuhtecuhtli; el dios, al ver que le había dibujado la nariz demasiado grande, enfurecido la calcinó. Sus cenizas fueron utilizadas después como carboncillo para completar el mural.

 55

Nos gustaría conocer tu experiencia con este libro. Por favor contáctanos y déjanos tu opinión:
Facebook: /SomosRamosEditores
Twitter: @RamosEditores
informesyventas@ramoseditores.com

Atentamente,
Enrique Ramírez Ramos
Director Editorial

Kike, mejor conocido en tierras mexicas como:
Huitzin Pochtécatl Amoxtli (Señor Colibrí comerciante de libros).
Falleció durante la festividad del Tlaxochimaco de una rabieta catatónica al descubrir que sus proveedores habían almacenado el papel amate, en espera de la subida del valor de las semillas de cacao y vendérselo al triple de su costo. Después de su muerte, el cacao se devaluó y sus adversarios vendieron el papel al dos por uno.

56

Made in the USA
San Bernardino, CA
08 October 2016